7383

ODE
POVR
LE ROY.

IN HOC SIGNO VINCES

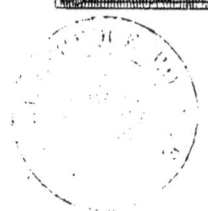

A PARIS,

Chez PIERRE LE PETIT, Imprimeur ordinaire du Roy,
ruë S. Iacques, à la Croix d'Or.

M. DC. LXXII.
AVEC PERMISSION.

ODE
POVR
LE ROY.

ELVY *qui le premier d'vn penſer temeraire*
Traça ſur l'Ocean le chemin des Nochers
Craignit plus d'vne fois les Bancs & les
      Rochers,
  Et des vents ennemis redouta la colere.
  Avec vn timide effort
  Il vogua le long du bord,
Il n'oſa s'expoſer à l'aſſaut des orages ;
Mais ayant affermi ſon cœur audacieux,
Il s'éloigna des ports, il quitta les rivages,
Et chercha ſeulement ſa route dans les cieux.

De mesme tout brûlant & l'ame toute éprise
Du desir de chanter le plus fameux des Rois,
Dans vn projet si grand je m'arrestay cent fois ;
Je craignis le danger qui suit cette entreprise.
   Vn effroy respectueux
   De mon Zele impetueux
Renferma dans mon sein la chaleur immortelle:
Mais ce zele enflâmé va prendre vn libre cours ;
Il suit, loin des humains, la Muse qui m'appelle,
Et qui du haut des cieux me promet son secours.

Vous, mes heureux Rivaux, dont les efforts prétendent
Affranchir les grands noms de l'oubly rigoureux,
Vous, dis-je, qui tenez de ce Roy genereux
Ce précieux repos que vos veilles demandent ;
   Lors que par tant de bien-faits
   Il a comblé vos souhaits,
Vous tâchez d'inventer des loüanges nouvelles.
Mais, sans chercher en vain les belles fictions,
Que vous aurez d'honneur si vous estes fidelles,
Et si vous égalez ses grandes actions !

Quelle vive ſplendeur! Quel abyſme de gloire!
Quels rayons immortels environnent LOVIS!
Quels triomphes heureux, quels exploits inoüis,
Dont il fait éclater le Temple de memoire!
   Je le voy dés ſon berceau
   Comme vn Hercule nouveau,
De Serpens écraſez, s'ériger des trophées;
Et, pour ſes coups d'eſſay, je vois aux champs de Mars
Des Lions abattus, des Hydres étouffées,
Et l'Aigle imperieux tout percé de ſes dards.

Ces préludes ſont beaux; mais la ſuite eſt plus belle.
Je le vois animé d'vne conſtante ardeur
Chercher par la vertu la ſolide grandeur,
Et d'vn Heros parfait devenir le modelle.
   Depuis le celebre jour
   Où l'Hymenée & l'Amour
De ſa main foudroyante arracherent les armes,
A-t-il donné relâche à ſes nobles deſirs?
Et ſon ame intrepide au milieu des allarmes,
A-t-elle moins de force au milieu des plaiſirs?

Dans ce repos ſi doux & dans ces jours ſi calmes
Où rien n'oſe troubler ſon ſort victorieux
Il prend de ſon Empire vn ſoin laborieux,
Et meſme dans la paix il ſçait cueillir des palmes.
　　　Toûjours ſon cœur genereux
　　　S'ouvre aux cris des malheureux,
A tout ce qui l'implore il preſte ſa puiſſance.
N'a-t-il pas garanty du barbare Croiſſant
L'Aigle dont autrefois l'injuſte violence
Fondit ſur le berceau de ce Heros naiſſant?

Mais quand de tous coſtez ſes labeurs heroïques
Des Monſtres furieux ont mis l'orgueil à bas,
Sous les verds Oliviers la paiſible Pallas
Enrichit les François de ſes dons magnifiques.
　　　Entre ſes nobles projets,
　　　LOVIS veut que ſes ſujets
Triomphent par l'eſprit ainſi que par l'épée;
Animez du beau feu de ſes divins regards
A cent travaux divers leur main eſt occupée,
Et remporte auſſi-toſt le prix de tous les Arts.

Comme en ces belles nuits de nos feſtes charmantes,
Par de ſecrets reſſorts vn Art ingenieux,
D'vn mouvement ſoudain fait paroiſtre à nos yeux
Du Theatre changeant les Scenes ſurprenantes ;
     Au lieu de Rochers brûlez,
     Et de ces bords déſolez,
Où les ſables ardens ſont en monſtres fertiles,
Nous voyons tout d'vn coup des champs couverts de fleurs,
Des Temples, des Palais, des Fleuves, & des Villes,
Et des voutes du Ciel les riantes couleurs.

Ainſi dans nos beaux jours par de ſoudains miracles
L'Eſtat renouvellé ſe forme & s'embellit ;
Ces Villes que LOVIS, ou fonde, ou rétablit ;
Ces travaux qui partout font de ſi grands ſpectacles ;
     Tous ces heureux changemens ;
     Tous ces ſages reglemens,
Qui conduiſent LA FRANCE à ſon bonheur ſuprême ;
Tout ſe fait tout d'vn temps, d'vn meſme ordre, en tous lieux ;
Elle ſe méconnoiſt & s'admire elle-meſme,
Et trouve dans LOVIS la puiſſance des Dieux.

Ces Palais fomptueux, ces pompeux Edifices,
Dont la cime orgueilleufe éclate dans les airs;
Ces eaux qu'il fait couler en d'arides deferts;
Ces Jardins où les Dieux trouveroient leurs délices.

    Les fuperbes ornemens
    De ces vaftes Bâtimens,

Où l'Art & la Nature épuifent leur richeffe,
De l'vne & l'autre Rome effacent les beautez,
Surmontent la fplendeur de la fçavante Grece,
Et tous ces grands Palais que la Fable a chantez.

Les Rochers fourcilleux, les affreufes Montagnes,
A la voix de LOVIS fe laiffent applanir;
Par fon commandement nos deux Mers vont s'vnir,
Et des Fleuves nouveaux arrofent nos Campagnes.

    Palemon void tout furpris
    Ouvrir de nouveaux abris,

Aux Navires battus de la fureur de l'onde;
Où l'on vid des écueils, on découvre des ports;
Et LOVIS fait ceder tout le refte du monde,
Aux Ouvrages fameux dont il pare nos bords.

De

De quel puiſſant Demon les forces étonnantes
Ont fourny pour la Mer ces belliqueux appreſts,
Et fait ſi promtement de nos vertes foreſts
Tant de mobiles Forts, tant de Villes flotantes?
      Que de François courageux
      Sur l'Element orageux
Vont braver ces perils qu'ils bravoient ſur la Terre !
LOVIS les a changez en Pilotes ſçavans ;
Et ceux qui dans la paix ſoûpiroient pour la guerre
Ont du moins à combattre & les flots & les vents.

Le Rhin impetueux, ny les hauts Pyrenées,
LOVIS, ne bornent plus l'ardeur de tes FRANÇOIS ;
Aux bouts de l'Vnivers ils vont porter tes Loix,
Et faire triompher tes Armes fortunées.
      Le vaſte Empire des eaux
      Eſt couvert de tes Vaiſſeaux,
Preſts à vaincre partout, preſts à tout entreprendre.
Qui peut les éviter? Qui peut les ſoûtenir?
Il n'eſt point d'Opprimez que nous n'allions défendre ;
Il n'eſt point de Tyrans que nous n'allions punir.

Ces Corſaires ſi fiers dont la cruelle rage
Par tant d'actes ſanglans a diffamé les flots,
Et jetté plus de trouble au cœur des Matelots
Que le choc des écueils & l'horreur du naufrage.
   Ces inſolens Africains,
   De qui les vœux inhumains
Cherchoient inceſſamment le carnage & la proye,
Sont vaincus, ſont punis, & tombent dans tes fers ;
Contre eux juſqu'en leurs Forts ton pouvoir ſe déploye,
Et tes ſoins glorieux en ont purgé les Mers.

Déja l'heureux ſuccés de nos courſes lointaines
Du Commerce opulent nous fait goûter le fruit,
Sur mille grands Vaiſſeaux que Neptune conduit
Nous chargeons les preſens de nos fecondes plaines :
   Nous allons en ſoulager
   Les beſoins de l'Etranger,
A qui de ces faveurs le Ciel eſt plus avare :
Et nos joyeux Nochers ramenent dans nos ports
Ce que l'Aſtre du jour engendre de plus rare,
Ce que l'une & l'autre Inde ont de riches treſors.

Lors que nous ignorons les Malheurs & les Craintes,
Et que par tant de biens tous nos vœux sont contens,
LOVIS songe aux revers des Destins inconstans,
Et prévient de leurs coups les fatales atteintes.
  Les Architectes de Mars
  Par d'imprenables remparts
Défendent nostre Empire, assurent nos Conquestes ;
Et nos braves Soldats, instruits par ce Heros,
Tiennent le bras levé sur les superbes Testes
Qui voudroient de la FRANCE attaquer le repos.

Par quel effet soudain, par quels soins incroyables
Ces puissans Boulevars ont-ils pû s'achever ?
Par quel charme inconnu voyons-nous élever
De ces corps menaçans les masses effroyables ?
  Belges, à qui ce grand Roy
  Avoit donné tant d'effroy,
Il vous fonde un bonheur d'eternelle durée ;
Il hausse vos remparts qu'il avoit démolis ;
Et des peuples divers la force conjurée
Ne sçauroit desormais en arracher les Lys.

Il fait fleurir les Loix dans ces grandes armées
Qui font de l'univers l'Espoir ou la Terreur,
Sans traîner le ravage, & fans femer l'horreur
Aux feuls nobles affauts elles font animées.

     L'Europe de toutes parts
      Void floter nos étendars;
LOVIS femble inonder les Provinces foûmifes;
Mais Bellonne avec luy perd ce qu'elle a d'affreux :
Il regne par l'Amour dans les Villes conquifes,
Et ne fait des Sujets que pour les rendre heureux.

C'eft ainfi qu'à Memphis prend fa fameufe courfe
Ce Fleuve merveilleux qu'on a tant celebré,
De qui l'accroiffement eft toûjours admiré,
Et de qui les humains cherchent en vain la fource.

     C'eft ainfi qu'à gros boüillons
      Le Nil couvre les fillons,
Et fait bruire en tous lieux fes ondes débordées:
Il s'étend, il s'épanche avec rapidité;
Mais fon cours favorable aux plaines inondées
Y répand l'allegreffe & la fecondité.

Ce Conquerant ſi promt, ce Vainqueur ſi rapide
Peut de l'Aube au Couchant arborer ſes drapeaux ;
Mais il veut des Lauriers auſſi juſtes que beaux,
Et ſur tous ſes deſſeins, c'eſt Themis qui preſide.
    Quand tout fléchit ſous ſes Loix
    Il arreſte ſes exploits ;
Des Eſtats ébranlez, il finit les allarmes ;
Son Courage s'immole au ſalut des humains ;
Sa Clemence reſiſte au pouvoir de ſes armes ;
Sa Pitié fait tomber la foudre de ſes mains.

Malheur à l'Injuſtice, & malheur à l'Audace
Qui voudront le contraindre à montrer ſon pouvoir :
Elles perdront bien-toſt leur inſolent eſpoir,
Et ſçauront qu'il n'eſt rien que LOVIS ne terraſſe.
    Du grand Monarque des cieux
    Le Tonnerre furieux
Dans la froide ſaiſon ſemble épargner la Terre,
Ses feux dans les frimats n'embraſent point les airs ;
Mais LOVIS en tout temps fait oüir ſon tonnerre,
Et ſçait lancer la foudre au plus fort des hivers.

❄❄❄

Vous, rebelles Citez, orgueilleuses Provinces
Qui venez d'éprouver la force de son bras,
Vous, que l'Equité mesme & le Droit des combats
Viennent d'assujettir au plus vaillant des Princes ;
     Je sçay vos fameux assauts ;
     Je sçay ses nobles travaux ;
Je sçay de quelle ardeur il pressoit vos murailles,
Quel courage heroïque éclatoit dans ses yeux,
Et qu'à cet air si grand, au milieu des batailles,
Les Troyens & les Grecs ont reconnu leurs Dieux.

❄❄❄

Mais pourquoy s'engager en des sujets si vastes ?
L'univers est remply de ces faits éclatans,
Et pour les dérober aux injures des temps
Mille sçavantes mains les gravent dans nos fastes.
     Pour mieux loüer ce Vainqueur
     Je ne chante que son cœur,
La source qui produit tant d'actes magnanimes :
J'y voy tout ce qui forme un parfait Potentat,
Qui trouve l'art d'unir par ses justes maximes
La grandeur du Monarque au bonheur de l'Estat.

❄❄❄

Quelle eſt l'activité de ce puiſſant Genie

Qui ſeul pourroit ſuffire à regir l'vnivers?

Quelle eſt, pour ſatisfaire à tant de ſoins divers,

Son immenſe étenduë, ou ſa force infinie?

   Quels ſont ces divins ſecrets,

   Quels ſont ces ſages decrets

Qui cachent aux humains leur conduite profonde?

Les yeux les plus perçans n'y trouvent point d'accés,

Et tant de grands deſſeins qui font le ſort du Monde

Ne ſont jamais connus que par leurs grands ſuccés.

Depuis les premiers temps a-t-on vû des Monarques

Joindre tant de Prudence a tant d'Autorité,

Joindre tant de Douceur à tant de Majeſté,

Et briller à la fois par tant d'illuſtres marques?

   Auſſi-toſt qu'il ſe fait voir

   Les cœurs ſentent ſon pouvoir,

Et pour le reconnoiſtre il ſuffit de l'entendre;

Il eſt toûjours égal, toûjours ſemblable à ſoy;

Jamais de ſa grandeur on ne le void deſcendre;

Il n'agit qu'en Heros, & ne parle qu'en Roy.

Les Vices font détruits, ou n'osent plus paroistre,
On n'entend plus souffler de Vents seditieux,
Il nous fait oublier ces Monstres odieux
Que sa bonté severe empesche de renaistre ;
    Le Merite florissant
      Sous ce Roy juste & puissant,
Void sans cesse aux bienfaits ouvrir ses mains sacrées ;
Et par ses riches dons, dispensez avec poids,
Les Travaux couronnez, les Vertus honorées,
Font leur plus digne prix de l'honneur de son choix.

Reine des Nations, F R A N C E, quelle est ta gloire
De posseder vn Prince à qui tout est soûmis,
Qui fait de toutes parts trembler tes ennemis,
Et fixe dans ton sein la Paix & la Victoire ?
    Un Prince dont les beaux jours
      Te preparent vn long cours
D'vne felicité si solide & si belle ?
Du souverain bonheur tu touches le sommet ;
Et pour mieux assurer ta grandeur immortelle,
Ce que donne L O V I S son D A V P H I N le promet.

        F I N.

www.ingramcontent.com/pod-product-compliance
Lightning Source LLC
Chambersburg PA
CBHW061433170626
46811CB00005B/2254

* 9 7 8 2 0 1 1 2 7 3 7 8 9 *